KB098895

꽃구름 카페

이 도서의 국립중앙도서관 출판예정도서목록(CIP)은 서지정보유통지원시스템 홈페이지(http://seoji.nl.go.kr)와 국가자료종합목록 구축시스템(http://kolis-net.nl.go.kr)에서 이용하실 수 있습니다.
(CIP제어번호 : CIP2020003129)

J.H CLASSIC 044

꽃구름 카페

서정란 시집

지혜

시인의 말

나의 자존이고

존재감이며

지존인

시詩!

경배를 드린다

2020년
서정란

차 례

시인의 말 ──────────────── 5

1부 봄이 온다

서설瑞雪 ──────────────── 12

봄이 온다 ──────────────── 13

꽃구름 카페 ─────────────── 14

겨울나무 ──────────────── 15

봄을 훔치다 ─────────────── 16

유월이 오면 ─────────────── 17

전령사 ────────────────── 18

간밤에 ────────────────── 19

가을별사 ──────────────── 20

요상한 그녀 ─────────────── 21

11월의 시 ──────────────── 22

눈이 내리는 날은 ─────────── 23

2부 뉘

잠룡들의 황금궁전 ──────── 26

뉘 ──────── 27

연금술 ──────── 28

빈 막걸리 병 ──────── 29

외딴방 ──────── 30

어둠과의 대화 ──────── 31

창령사터 오백나한전 ──────── 32

신화를 꿈꾸다 ──────── 33

일엽편주 ──────── 34

물방울 사리 ──────── 35

만다라를 만나다 ──────── 36

까치집 ──────── 37

황태 ──────── 38

3부 못가본 길

밀익는 마을 —————————————— 40

이방인 —————————————————— 42

잃어버린 왕국을 가다 ————————— 43

삶은 너부 오래 무거웠다 ———————— 44

기적의 신전 —메주고리예 신전 ———————— 45

선셋 ——————————————————— 46

루아르 강변 ——————————————— 47

못가본 길 ——————————————— 48

자마리씨와 당나귀 ——————————— 49

함께라는 것 ——————————————— 50

반딧불이 동굴 ————————————— 51

미래로 가는 광기 —두브르브닉 성 ————— 52

별을 찾아 ——————————————— 54

4부 냉정과 열정 사이

연모戀慕 ———————————— 56

애물 ———————————————— 57

냉정과 열정 사이 ————————— 58

부재不在 ———————————————— 59

첫사랑 ———————————————— 60

그해 겨울 ————————————— 61

썸타기 ———————————————— 62

망중한 ———————————————— 63

편지 ———————————————————— 64

기억은 나를 잊지 않는다 ———— 65

천년 사랑 ————————————— 66

채석강 연가 ———————————— 67

사랑이라고 쓴다 ————————— 68

5부 장수시대

포기하지 마라 —일가족의 비극 앞에 ——————— 70

그날이듯이 —세월호에 부쳐 ———————————— 71

장수시대 1 ———————————————————— 72

로또선물 ——————————————————————— 73

늙은 곡예사 ————————————————————— 74

어떤 흐린 날 ————————————————————— 75

춘향을 그리다 ———————————————————— 76

차이 ————————————————————————— 77

DNA ———————————————————————————— 78

나를 스캔하다 ———————————————————— 79

명절날 풍경 ————————————————————— 80

금낭화 —며느리밥풀꽃 ——————————————— 81

시인 강민 ——————————————————————— 82

이별이 아름다웠다 ————————————————— 83

해설 • 황금의 자연 • 반경환 ———————————— 86

• 일러두기
한 연이 첫 번째 행에서 시작될 때는 > 로 표시합니다.

10

1부

봄이 온다

서설瑞雪

대망의 2020년!

새해아침

하늘에서 첫손님이 왔다

상서로운 손님이다

새해를 잘 부탁한다

봄이 온다

봄이 온다
겨울보다 먼저
아무데나 온다

실직한 가장의 폐광 같은 공장 앞에도
눈물의 점포정리 비정규직철폐 일자리구함 철거반대…
호소체로 쓴 구호가 빽빽한 담벼락 아래도
꽃의 희망이 사라진 콘크리트 바닥을 뚫고
문들레 민들레 노란 깃발을 들고*
봄이 온다

짓밟힌 민들레 깃발을 들고 오듯이
실직한 가장의 처진 어깨에도
부도난 사장님의 먹장 가슴에도
두근두근 봄이 오면 좋겠네
찡한 눈물 그렁그렁 달고 오면
더욱 좋겠네

* 영화 '말모이'에서 차용.

꽃구름 카페

벗나무 허공에다 꽃구름 카페를 열었습니다
밤에는 별빛이 내려와 시를 쓰고
낮에는 햇빛이 시를 읽는 허공카페입니다

곤줄박이며 콩새 방울새 박새 오목눈이까지
숲속 식솔들이 시를 읽고 가는가 하면
벌과 나비 바람둥이 바람까지
시를 어루만지고 가는 꽃구름 카페입니다

공원을 한 바퀴 돌고나서 나도
꽃구름 카페 아래 쉬어갑니다
벗꽃 닮은 매화, 매화 닮은 벗꽃
어느 것이 진품이고 어느 것이 모사품일까,
생각을 하는 나에게
자연은 위작도 모사품도 모르는 신의 창작품이라고
팔랑팔랑 허공을 떠다니는 꽃잎이 일러 줍니다
잠시 불온한 생각에 붉어진 얼굴로
꽃구름 카페 휴식차를 마십니다

겨울나무

바람도 길을 내지 않는 허공에
실핏줄까지 환히 내보이는 지도를 그려놓고
투명한 혈관을 따라가며
성찰하는 겨울나무
절대고독을 관통하는 허공에
텅 비어 충만한 내공으로
가열찬 생의 집착을 훑어낸다

겨울이 혹독할수록 더욱 빛나는
이것은,
겨울나무의 본질
나무처럼 성찰하라
나무처럼 청정하라

봄을 훔치다

불씨 담은 봄빛 한주머니
나무 정수리에 쏟아놓습니다
죽은 성기처럼 고독한 중심으로
전율이 흐르고
어둠에 묻혔던 나무의 숨들이
새 심장을 달고 깨어납니다
빈 나뭇가지마다
탱탱하게 발기한 새 숨들이 폭발할 것 같은
전운이 감도는 숲의 기운을 훔쳐
불 봄 속으로 나서고 싶은
봄은 내 마음의 화약고입니다

유월이 오면

유월이 오면

그날이 오면

내가 너를 보내지 않았는데

네가 나를 떠나지 않았는데

허리의 통증은 여전하고

장미꽃 그날의 상흔처럼

이 강산을 붉게 물들여

울컥 가슴이 뜨겁다

전령사

더위가 가열한 기세로

등을 타고 오르는 말복 즈음

별도 더위를 먹었는지

눈빛이 흐릿해진 야밤

귀뚜라미가 숨어서 전통문 읽는 소리에

하마 들이닥친

그 빠른 순환의 주기에

등골이 서늘하다

간밤에

간밤엔

가지 끝에 매달린 쇠잔한 가을등을 떠미느라

그리도 천둥이 울고

번갯불을 피우며

비바람이 몰아쳤나보다

널부러진 간밤의 잔해들을 바라보며
기억속에 묻어둔 이름들을 호명해본다
내 등을 떠미는 것도
내 이름을 부르는 것도 아닌데……
슬프다

가을별사

단풍잎 붉은 사랑은 아직 그대로인데
가을은 우주 속으로 떠나고
11월은 성큼 겨울문턱을 넘어선다

자꾸만 작아져 가는 나는
가을이 두고 간 사연을 읽지 못해
청맹과니 우두커니가 되고,

요상한 그녀

늦가을 빈 뜰에

장미의 이름으로 핀

꽃 한 송이

도발적인 자태로

싸늘한 심장에 불을 지피는

요상한 그녀!

11월의 시

11월은
불립문자 낙엽의 시를 읽으며
흐려진 마음결을 닦아 영혼이 맑아지는 달이다

11월은
텅 빈 나무아래 서서 고개를 젖히면
비어 충만한 나무를 닮고 싶어지는 달이다

마침내 11월은
먼 생애를 지고 온 나를 토닥토닥
조용히 우주의 깊이로 익어가는 달이다

눈이 내리는 날은

눈이 온다
눈이 오는 날은
하늘로 간 영혼들이
그리운 추억을 한 아름씩 안고 온다
타워펠리스 위에도
새빨간 눈으로 세상을 지켜보는 십자가 위에도
비탈동네 타다만 연탄재 위에도
똑같은 흰눈으로 똑같이 내린다

눈이 내리는 날은 모처럼
세상이 평등해지는 것 같아
마음도 순해진다

2부

뇌

잠룡들의 황금궁전

푸른 비단벌이 펼쳐지는 여름 논배미에는
구불구불 능구렁이 같은 논두렁이 있고
논두렁 안에는 푸른 벼가 가득 자라고 있습니다
벼가 무럭무럭 자라 만삭으로 부풀어 오르면
꼿꼿하던 혈기도 고개를 숙이고 황금궁전이 되지요
황금궁전에는 용천을 꿈꾸는 능구렁이 잠룡들이
앞 다투어 몰려들어
온갖 요설을 풀어 타작을 하면
어느 것이 알곡이고 어느 것이 쭉정인지 알 수 없을 것 같아
푸른 들녘 앞에서 미리 어두워지는 마음입니다

뉘

흰 쌀밥 한 그릇에

뉘 한 톨 돌올하네

고난의 길 걸어

예꺼정 올라온

금쪽같은 결심

차마 버릴 수 없는

쌀밥보다 귀한

금빛이네

연금술

마음에 금이 갔다

그 금에 베여

비번秘番 속에 감춰두었던 보석들이

틈새로 솔솔 빠져 나간다

그 틈새를 비집고 들어서는 딴마음이 무섭다

금간 마음을 땜질하는 연금술은 없을까

늦기 전에 더 늦기 전에

빈 막걸리 병

이른 아침 뒷산을 오른다
빈 의자에 빈 막걸리 병 하나
시커먼 비닐봉지를 쓰고 누웠다

간밤, 어느 고달픈 生을 달래주느라
그의 애간장 속으로 흘러들었다가 그만
길을 잃고 쓰러졌나보다

빈 막걸리 병에 자리를 내준 의자
그 위에 시커먼 비닐봉지를 쓰고 구겨져있는 풍경이
어느 가장의 아침식탁 같은,

외딴방

수직 상승 하강을 반복하는 외딴방이다
빈 방에 걸린 거울 속에
달랑 얼굴만 내밀고 빤히 쳐다보는
유체 이탈한 듯한 얼굴 하나

버튼을 누르고 잠시 생각하는 사이
내가 원하는 곳까지 금새 데려다주는
시공간을 압축한 외딴방

내가 깃들어 살던 내 몸의 집을 버리고
삼차원으로 가는 길도
어둡고 차가운 외딴방에 누워
간단한 버튼 하나로
수직 상승하는 우주선일까…?
수직 하강하는 싱크홀일까…?

그 사이 문이 스윽 열린다
열린 문 밖으로 얼른 발을 내민다
스르르 압축파일이 풀린다

어둠과의 대화

어둠 속에서 너를 만났다
너는 원래 태초의 나였다
낯설지 않아야할 낯설음,
우린 너무 오래 외면하고 살았나보다

어둠에 묻혀 가만히 너를 응시 한다
은신처도 없고 보호구역도 없는 광야에서
찢기고 할켜 표류하는 생채기들과 화해와 용서와 기쁨들
어둠에 묻히고 나서야 비로써 보이는 것들이다

어둠이 얼마나 신성한 사원인지
내가 태초의 어둠에서 왔는지를
가끔은 어둠에 묻혀 물어볼 일이다

창령사터 오백나한전

오백나한님을 보러갔지요
볼 때마다 편안하고 따뜻했어요
오백나한님 나투신 사이를 천천히 걸었지요
번뇌가 사라진 극락이였어요
오래전에 돌아가신 할머니 어디 계시나
할머니보다 더 먼저 가신 울 엄마
어디 계시나 찾아보았지요

어떤 분은 이웃집 할매를 닮았고
어떤 분은 외로움에 떨다 가신 아버지를 닮았는가 하면
또 어떤 분은 내 할머니를 꼭 닮아서
할매, 하고 덥썩 안기고 싶었지요
모두가 내 어릴 적 동네사람들이였어요
어머니였고 할머니였을 지극히 평온한 모습은
죽음도 무섭지 않을 것 같은,

신화를 꿈꾸다

안개 자욱한 어느 동굴에서 웅크리고
신화를 잉태한 어린짐승이었다가
어느 날 바닷가에 밀려나온 조개껍질처럼
지구촌으로 여행을 왔지

내가 온 땅은 척박한 황무지
태양은 머리위에서 사정없이 쪼아대고
그늘 한 뼘 없는 사막에서 나는
사막여우가 되었어

타는 갈증으로
동굴안쪽과 바깥쪽으로 귀를 세우고
모래도 울음을 운다는 사막에서
장미를 들고 어린왕자를 찾아 헤매였어
그 사이 헛물만 켜다 놓쳐버린 미래의 신화
바람 빠진 풍선마냥 쭈그러져
더 이상 들이킬 헛물도 없다는 걸 알았지

장미는 시들고
명사산 울고 넘는 낙타가 제격인 내게
신화의 꿈은 애당초 어불성설이었던 게지

일엽편주

나뭇잎 배하나
푸른 하늘을 싣고
멀리 바다로 간다
버릴 게 없어
무서울 것도 없어
미풍에 어깨춤 추며
잘도 잘도야 간다
나도야 가고 싶어
살짝 마음을 실어본다
일엽편주 기우뚱 기우뚱
내 마음의 무게가 무서워
무서워서 못 가는 배

물방울 사리

김창렬 화백의 물방울 앞에 서면
화폭 가득
몸 벗고 떠난 맑은 영혼의 눈
반짝인다

가만히 숨죽여 들여다보노라면
투명한 물방울에 내 심장이 투영되어
생전의 몸짓으로 옴짝옴짝
무언가 말을 하려는 듯
내 죄밑천이 들어날까 가슴이 뛴다

한 방울 물방울사리가 되기까지
은빛 여울도 버리고
푸른 강江도 버리고
마침내 바다마저 버려
한 점!

점 하나에 우주를 품은
영롱한 경전이다

만다라*를 만나다

우연히 만다라를 만났다
눈보다는 마음으로 보아야
알듯 말듯 한 극락정토
겸손하게 마음을 모은다

벽면을 가득채운 만다라
삼라만상을 품은 무변 우주 앞에
아득한 마음절벽이다

만다라는 무슨
소문내지 마라!
나는 그대를 본 적도 만난 적도 없는
깜깜이 개눈이다

* 전혁림 그림.

까치집

건봉사 뜰

겨울나무 우듬지에

드센 바람이 왕래하는 까치집 한 채

아슬하게 지어놓고

함께 법문을 듣는다

작년 것인지

그 작년 것인지

리모델링도 없이 허름해도 걱정없다

그것이 믿음이다

황태

칼바람 치는 첩첩골짝

황태덕장으로 유배를 온 시베리아 동태

허공으로 꼿꼿이 목뼈를 세운 채

속살 결결이 채운 大海를

칼바람에 말리고

황태로 부활하는 저 꼿꼿한 자존自尊

검은 뱃속 속풀이 국물용으로 뭇매질하는

오,

지극한 내 불손을 용서하지 마소서!

3부

못가본 길

밀익는 마을

아를 오베르 쉬르우아즈
눈이 멀도록 아득한 황금빛 밀밭이다

영혼을 고문하던 한 인간의 고독한 흔적을 따라
골목을 돌고
목이 긴 사이프러스나무 밑을 지나
광기를 못 이겨 목숨을 겨누었던
화약 냄새나는 밀밭머리를 지나서
다다른 그의 집
서른여덟 번 이사 끝에 안착한 집이다
동생 태오와 나란히 누워
생전의 가난을 초록으로 풍성하게 덮었다
평안하신가요, 그대?
다시는 굶주리지 않고
다시는 미치지 않아도 될 그의 묘지석
VINCENT VAN GOGH를 읽는다
태양처럼 강렬하고
죽음보다 가난했던 그는 죽지 않았다

그 넘어 총성이 울리던 밀밭위로

황금빵이 하늘까지 부풀어 올랐다
누가 다 먹었을까, 그 많은 고흐의 빵은?

이방인

알베르 까뮈의 이방인이 생각나는 아드리아해
넘실대는 관능의 바다를
리드미컬하게 어루만지는 태양의 손길이며
에로틱한 해변 풍경이 어지럽다

뫼르소는 눈부신 햇살에 살의를 느껴
방아쇠를 당겼다지만
나는 눈에 꽂히는 원색의 풍경에
주변을 흘끔거리는 이방인

출렁이는 생명의 자궁 앞에서
태양의 백색테러가 싫어 방아쇠를 당긴
그는
화약 냄새 풍기는 불후의 문장을 남긴
영원한 이방인인가 나르시시즘인가

풍경이 강렬하면 생각도 중심을 잃은 듯
어지럽다

잃어버린 왕국을 가다

일본 속으로 사라진 섬나라
옛 류쿠왕국을 간다

태평성대를 누리는 나하 해변
바다는 침탈한 역사를 깊이 묻고
조용한 파도와 밀당을 즐기는
평화로운 섬이다

해조음이 들려오는 해변
밀려온 패각들의 잔해 속에는
사라진 왕국의 비사秘史를 품고 있을 것 같아
속살 파 먹힌 조개껍질을 귀에 대고
약육강식의 흑역사를 들어본다

바다 건너 내 나라
침탈을 꿈꾸는 아베의 입놀림에
한시도 마음 편할 날 없는
독도여!
나의 작은 조국이여!

삶은 너무 오래 무거웠다

고행의 꽃을 피워 우주의 중심으로 간
한 남자의 깊고 높고 넓은 도량
루완벨리세야대탑*아래 선다

정화되지 않은 生의 에너지가 가열 찬 중생
뙤약볕을 이고 탑을 돈다
맨발로 돌고 돌아 도는 탑돌이면 이승이 가벼워질까
이글거리는 태양의 눈빛에 오금이 저려
흘러내리는 땀방울을 정화수인양 바친다

바람이 인다
서천 바람이다
한 호흡의 공기도 무량한
등을 밀고 가는 바람이 가뿐하다
이 시원한 찰나의 가벼움
가벼워서 살 것 같은,
내 삶은 너무 오래 무거웠나보다

* BC 2세기에 건축된 높이 112m의 스리랑카 최대 스투파(탑).

기적의 신전
― 메주고리예 신전*

가는 길은 멀다
지구의 반 바퀴쯤 돌았을까
뙤약볕을 이고 차량과 인파에 밀려가며 걷는다,
낙타처럼

그분의 기적을 구하러
언어도 나라도 사는 곳도 제각각인 인종들이
각양각색의 소원을 꼭꼭 여며 안고 와서
성모상을 쓰다듬는 손길이 간절하다
그분의 눈가에도 물기가 묻어날 듯

멀리 연단에선 마이크를 든
신부님의 강론과 축복이
뙤약볕을 두른 인파 사이사이에 고저로 물결친다

삶이 고달플수록 기적을 믿고 싶은 게다
막막할수록 더욱 기적을 믿고 싶은 게다
기적은 기적汽笛을 울리지 않는 맑은 영혼이 실종된 시대
낙타는 언제 마법 같은 바늘구멍을 통과할까

* 보스니아에 있는 성모발현신전.

선셋

생은 서쪽으로만 흘러가는
운명인 것처럼
지중해를 건너는 해를 따라
노마드의 피를 받은 발길이 마치
블랙홀처럼 빨려 들어가는 이아마을 선셋

조르바의 발자취를 쫓아 일상을 팽개치고
흘러온 유랑객들
최후의 심판 같은 장엄한 일몰 앞에 선다

폐부 깊숙이 낙조를 들어 마시고
차마 내놓지 못해 붉어진 낯빛으로
정녕 무엇을 위한 사무친 생이었는지
묻고 되묻는 변방의 삶 한 페이지

장엄한 일몰의 축제가 끝났다
지중해 검은 바다위로 일순 스치는 허무감
일없다, 까칠한 냉소를 띄우며
붉은 낙관 하나 찍어 또다시
미로 속으로 발을 내딛는다

루아르 강변

다빈치가 잠들어있는
앙브아즈성을 끼고 흐르는 강변을
비에 젖어 걷는다
흔적 없는 무수한 발자취 위에
유랑하는 내 영혼을 포개며

성 넘어 멀리
지평선으로 펼쳐지는 밀밭 사이
밀레의 농부가 공손하게 비에 젖고
고흐의 번뇌가 번뜩이며
영혼이 메마른 나는 비감에 젖는다

공원벤치에 나란히 앉은 노부부
노란우산 속 풍경이
인상파 화가의 배경처럼 아름답다
인생은 그저 한낱 그림의 배경이 되어
앞으로, 앞으로 나아가며 낡아지는 것이거늘

못가본 길

너를 만나러 가는 길은
못 가본 길이다
차창 밖은
낯선 듯 낯설지 않은 풍경을
원근으로 바쁘게 비꿔달고
그 풍경에 얹혀 가는 나는
가슴이 설렌다

내가 이 세상을 떠나
딴 세상으로 갈 때도
아름다운 풍경에 실려
낯선 듯 낯설지 않은 길을
여행 가듯 그렇게 슬렁슬렁 갔으면

자마리씨와 당나귀

케냐 라무섬 자마리 씨

당나귀가 생계수단인 당나귀가 아파서
당나귀 병원에 온 자마리 씨
당나귀 눈빛도 자마리 씨 눈빛을 닮은
간절한 두 짐승의 눈
자마리 씨, 한 번도 맞아본 적 없는 영양제를
당나귀에게 맞히고 돌아가는 길
당나귀보다 자마리 씨 표정이 더 환하다

뉘엿뉘엿 해지는 십리 황톳길
빈 소달구지를 앞세우고 느릿느릿
채찍 한 번 없이 뒤따르던
달구지 주인
내 어릴 적 흑백사진 한 컷 보고 있다

함께라는 것

고드르* 하늘은 무슨 슬픔이 그리 큰지
폭포 같은 울음을 쏟아냈지요
울다가 울다가 억장이 무너지는지
불을 뿜는 사자후를 토해내기도 했어요

그 슬픔에 갈 길 바쁜 발목이 잡혀
한 뼘 간이처마 밑에
오종종한 얼굴들을 디밀고 부끄럼도 없이
젖가슴도 함께 젖어 봉긋 했습니다

함께라는 것
왠지 의기투합하는 은근한 믿음이 있어
저승길도 함께라면 무섭지 않을 것 같았습니다

가는 길 제아무리 바쁘고 멀다 해도
잠시 쉬어 곧은 길 가라, 하늘은 그리
사자후를 토해내며
오종종한 얼굴들을 들여다보는
반면교사 거울을 만들어 주었지요

* 남프랑스 프로방스에 있는 중세마을.

반딧불이 동굴*

어떤 빛도 소리도 허락지 않는 동굴속을 더듬어
마치 탐험가처럼 반딧불이 행성을 찾아간다

난데없이 무주의 반딧불이 축제를 상상하다가
어릴 적 교과서 위에 반딧불을 올려놓고
글을 읽을 수 있는지 실험해보던
고향의 그 여름밤을 생각한다
가난했지만 아름다운 추억이 부자인 때도 있었다

쉬잇!…
숨소리를 죽이며 더듬더듬 쪽배에 오른다
줄을 당겨 천천히 배가 움직이면서
드디어 나타난 반딧불이 행성
동굴 가득 은하수가 펼쳐진다
신비롭고 아름다운 우주 쇼다

인간의 손을 거친 세상 그 어느 신전보다 경이로워
저절로 마음이 모아지는 반딧불이 동굴!
자연이 신이다

* 뉴질랜드에 있는 와이토모 동굴.

미래로 가는 광기
— 두브르브닉 성

일몰의 시간
중세의 시간이 멎은 거기
세상 모든 여행객의
분주한 발걸음도 멈추어 숨을 고른다

그곳에서는 누구라도
황홀하다, 엄숙하다
방금 나체 섬에서 나온
일탈을 즐기는 사람이나 보헤미안이라 할지라도

장엄한 노을경도 잠시
바다에 흘려놓은 잔광마저
아드리아해 품으로 돌아가고
두브르브닉 고성에는 하나 둘 불꽃이 핀다

모양도 색깔도 다른 사연을 안고
중세로 걸어 온 사람들
오래된 미래와 전혀 다른 풍경이 펼쳐지는
떠도는 광기
떠도는 바람

풍향계가 없는 몸부림이다

미래로 가는 모든 길은
광기로 흘러가는 도도한 물결이다

별을 찾아

여러 산맥을 넘었다
여러 국경을 넘었다
하늘나라로 갔다던 그 많은 사람들을
단 한 사람도 보지 못한 허공을 날아
론강까지 왔다
그의 지독한 영혼의 냄새가 나는 강이다

밤을 기다려 그의 별을 볼 것이다
사이프러스나무꼭대기에서 광대춤을 추던
파랑별 노랑별 회오리치는 별별 별을 다 만나
몸부림치는 이상이 별빛으로 환생하는
비밀을 알아보리라

상처가 또 한 상처를 보듬는 일
배부른 감상은 금기인 듯
하늘은 보호 장막을 치고
그의 별을 보내주지 않는다
눈을 감는다
비로소 가슴에서 접신하는 고흐의 별

4부

냉정과 열정 사이

연모戀慕

호접란을 선물 받았습니다

음악이 흐르는 조용한 서재
그대는 얌전히 내 음악을 감상하고
나는 그대 고요한 품새를 감상하며
호접몽을 꾼다

그대는 전생
나의 호접이었던가
내가 그대의 호접이었던가
복사꽃 피어 살랑거리는 봄날
일생을 기다리는 연모戀慕의 화신처럼
일장춘몽 속으로 날아와
호접몽을 선사하는
그대!

애물

불을 훔쳤다는 프로메테우스처럼
DNA가 다른 세포 하나를 훔쳐
가슴속에 은밀하게 심었다

영혼의 에로스를 얻고자
마음의 양식을 먹여
또 다른 나를 복제하고 싶었다

그후부터 마음에 허기가 돌아
무관심해도 배가 고프고
애착을 두면 더 배가 고파서
지독한 허기를 몰고 다니는
애물이 되었다

복제란,
애당초 불가능한 금기영역
내 열정의 오버패스다

냉정과 열정 사이

밤의 심장 속으로
너를 보내고 돌아서는
내 마음은
외로움에 우는 짐승같아
천년 빙하보다 더 싸늘했던 이성은
초라하기만 해
차라리 너와 함께
길들여지지 않는
야생마가 되고 싶었다

부재不在

염천炎天에,
염통에 비수가 꽂혔다
절명할 것인지
기사회생할 것인지 몽롱하다

바람소리 파도소리 하나 없는 염천 바다
아무것도 없다
흔들리고 부딪치며 깨지며
불협화음으로도 온전하던 그것들
그것들은 다 어디로 갔을까

다하지 못한 말들이 벙어리가 되어 표류하는
적막한 섬
무섭다
어디로 가야하나
갈 곳 모르는 내가
더 무섭다

첫사랑

너는, 내

이별의 1번지다

추억의 1번지다

그리움의 1번지다

너는, 내 가슴이

맨 처음으로 가닿은

내 마음 1번지다

그해 겨울

너를 처음 만난 그해 겨울
첫눈이 꽃잎처럼 날리고
너는 하얀 솜사탕 같은 눈송이를 이고 와
내 앞에서 스르르 녹았지

눈 녹은 물은 메마른 가슴을 적셔
내 앞에 펼쳐지는 하루하루는
핑크빛 캔버스이었어
나는 날마다 그림을 그렸고
그림은 모두 울지 않는,
노래하는 새였고 꽃이었지
세상 모든 것이 네게서 오고
내 모든 것이 너에게로 가던

지금, 그날처럼 꽃눈을 맞으며
"모든 것은 지나가고 이 또한 지나가리라"
명문장을 읊조리며
겨울보다 더 추운 한기에 떨고 있네

썸타기

겨울바다에 갔습니다
바다는 마침 고요해서
해변과 사랑 놀음인지 모를 파도와
조용히 썸타기를 하고 있었습니다
서로의 맨살을 어루만지는 파도는
간지럼 타듯 함박꽃 같은 웃음을
해변에 화르르 쏟아 놓습니다

바다는 성난 파도를 앞세워
집어삼킬 듯 해변을 덮치고
해변은 파도를 산산조각 내며 힘겨루기를 하는
조율이 안 되는 불가분의 관계
이렇게 조용히 썸타기를 하며
사랑이 깊어가는 줄 몰랐습니다
썸타기는 남몰래 즐기는 사랑이었습니다

망중한

네 숨결이 섞여있는 공기를 마시고

네 영상이 숨어있는 사물을 보며

내 영혼에 영감을 불어넣는

천만년 노래하는 불멸의 가인佳人을

꿈꾸는 중이다,

지금

편지

하늘 깊은 날에는

네가 보고 싶어

번지도 없는 하늘에

편지를 쓴다

하늘에 쓰는 편지에는

내 마음 낙관을 찍고

흰구름 우표를 부친다

바람배달부가 전해주리라

기억은 나를 잊지 않는다

잊고 살아낸 하루를
저녁의 집에 내려놓으면
그제야 살아나는 기억들
기억은 나를 잊지 않는다

네 기억이 슬며시 고개를 들어
봄비에 젖은 꽃잎을 어깨에 얹고
길모퉁이 가로등 아래 서있다

나쁜 기억은 아니지만
기억하고 싶지 않은 아픈 기억
너는 왜 밤손님처럼 가만히 오는지
기억의 등을 쓸어주며
뭔가 부족했을 못 다한 말을 찾아본다

이제 아픈 기억을 조금씩 밀어내고
너를 불러 함께 추억을 더듬어보리라

천년 사랑

천년 왕국이 있는 거기
천년 사랑이 있다

사랑은 나이도 먹지 않고
죽지도 않는 불사신
천년 후 사랑도 여전히
심장이 뛰고
잠 못 들게 하는 그대로이다

천년 사랑의 후예가 되어
왕도를 걷는다
그 하루가 천년이다

채석강 연가

대해를 품은 만선의 파도가
채석강으로 돌아올 때
나는 바람의 길을 달려
채석강 일몰 앞에 섰네

순한 파도는 대해를 풀어 놓아
해변과 조용한 밀당을 하고
하늘은 노을 대신 잿빛을 풀어
뜨거운 가슴을 식히네

퇴로가 없는 도망자 같은
밀물 드는 해변을 바라보며
다시는 오지 않을 꽃의 시간이
황망하게 밀물 속으로 사라져가네

노을이 없어도 타는 놀빛 가슴
누구도 모르게
채석강 책갈피에 꽂아두었네
숨어있던 노을이 살짝 얼굴을 붉히네

사랑이라고 쓴다

어디에도 있고
어디에도 없는
너를 기다리며
사랑이라고 쓴다

기다려도 오지 않는 너
오지 않을 줄 알면서 기다리는
그 눈 푸른 시간들을
사랑이라고 쓴다

기다림의 칼날에 베여
핏빛 세월이 흐르고 또 흐른다 해도
사랑은 영원한 것이 아니라
영원히 변치 않는 것이
사랑이라고 쓴다

사랑하지 마라
한 사람을 사랑한다는 것은
내 전부를 비우고
그 한 사람으로 내 전부를 채우는 것이 차마
사랑이라고 쓴다

5부

장수시대

포기하지 마라
— 일가족의 비극 앞에

포기하지 마라, 삶이 힘겹다고
이름 모를 들꽃도 피어 세상을 밝히고
연약한 풀뿌리도 지구를 받치고 있어
우리가 땅의 가슴에서 숨 쉴 수 있다는 말,
차마 못 하겠네

꽃인들 아프지 않고 꽃을 피우랴
짓밟히는 여린 생인들 절망이 없었으랴고
그 말,
사치스러워 차마 못하겠네

나는 안다
몇 줄 시가 그의 검은 요일을
막아 줄 수 없었다는 것을

미안하다
미안하다
그러나 포기하지는 마라
내일은 오늘과 다른 태양이 뜬다

그날이듯이

― 세월호에 부쳐

봄소식 오듯이
네가 왔으면 좋겠네
먼데 손님이 불현듯 찾아오듯이
그렇게 네가 왔으면 좋겠네
내가 너를 보내지 못했듯이
너도 내 곁을 떠나지 못해
그날이듯이
그날이 오늘이듯이
그렇게 깜짝 네가 왔으면
나는, 나는 맨발로 뛰어나와
작두날을 딛고 춤도 추리

장수시대 1

장수시대 농촌마을은
깊은 정적에 빠진 무덤 속 같다
오래된 집 하나에
오래된 사람 한 둘
함께 익어간다

켜켜이 쌓인 외로움은
문안인사 한 마디에도 와르르 쏟아질 듯
반은 이승사람
반은 저승사람인 채로 바라보는 시선이
깊은 우물인 듯 허공인 듯

봄꽃 요란한 화창한 봄날
마냥 보채기만 하는 무너진 관절들을 끌고
이따금씩 경로당에서 풀어내는 실없는 청춘만담에
무안해진 봄날이 차마 앞장서지 못해
마당귀에서 머뭇거리고 있었네

로또선물

딱 한 장씩 역전의 꿈을 산다
사서 선물한다
기력이 떨어진 사람의 기분전환용이고 원기회복제이다
작은 선물이지만 꿈은 억만장자 부럽잖다
가난한 마음살이에 이만한 좋은 선물도 없지 싶다
되면 좋고 안 되더라도
소외계층 복지기금으로 쓰인다니 좋다
거기에다 칠일 동안 꾸는 꿈은 인생역전, 대박이다
맞히지 않는다고 투덜댄다
꿈, 쉽게 이루어지는 것이 아니다
꿈으로 지은 밥에 고난을 고봉으로 비벼먹어야 비로서
피울 수 있는 지난한 꽃이다
투덜투덜해도 원기회복이 될 때까지
대박 꿈을 선물할 것이다

늙은 곡예사

움켜잡지도 내려놓지도 못하는
생의 멍
세상에서 가장 큰 짐을
세상에서 가장 작은 힘으로 지고 왔다

돌아보면 어느 생인들
꽃신 신고 비단길만 걸었으랴만
칼바람 부는 벼랑 끝에 명줄을 건 나는
아슬아슬 줄을 타는 서툰 곡예사
해가 지면 꿈속에서 살고
꿈을 깨면 줄 위에서 사는

관중도 박수도 없는 곡마단
더 이상 겨누어야 할 활시위도
연주해야할 팽팽한 현도 필요치 않는
늙은 곡예사의 느슨한 하오
잎잎마다 슬어놓는 서늘한 가을향기가
울컥 서러워진다

어떤 흐린 날

사람이고 싶습니다

존경은 아니더라도 믿음이 가고
부자는 아니더라도 따뜻한 마음이 부자인
겉과 속이 같은
그런 사람이고 싶습니다
조금 미워할 줄은 알지만
시기나 배신할 줄 모르는
사람만이 위로가 되고
사람만이 희망이 되어
사람만이 자랑이 되는
그런 한 사람이고 싶습니다

춘향을 그리다

사무치는 꽃불도 앓아누운 광한루
꽃이 아무리 사무친다 한들
춘향마음만 하랴
월매의 빈 초가에는
춘향의 단장애사
꽃보다 붉어라

일편단심 청대 같은 절개
조선왕조를 넘어 21세기
스마트폰 왕국도 무색하게
월매집 술청에는
대꽃이 피네

차이

마음은 가슴에 있고
생각은 머리에 있어
가슴으로 사는 사람은
따뜻한 사람이고
머리로 사는 사람은
똑똑한 인간이다

사람은 가슴에 재산을 모으고
인간은 곳간에 재산을 모은다
그리하여
사람은 가슴이 비면 허전해 하고
인간은 곳간이 비면 허탈해 한다

DNA

해질녘
뒷산 뻐꾸기가 운다

무슨 사연으로
제 자식을 위탁모에 맡겨놓고
어미울음으로 자식을 키우는지
언제쯤이면 저 기막힌 DNA가 진화해
독자 생존할까

영혼 없는 물질문명의 풍요로움으로
무너지는 가정의 울타리
생이별 하는 어린가족들 생각,
생각에 응큼하기만 하던 뻐꾸기 울음이
애틋하게 다가와 내 혈관을 타고 돈다

나를 스캔하다

나도 못가 본 내 육신의 집을
첨단장비가 훑고 지나가네
첩첩산중 내생명의 골짜기를
훤히 들여다보네

나는 부끄러움도 없이 무서웠네
불의 계곡에 은밀하게 감춰둔 거시기와
DNA의 원죄가 한통속으로 들통 날까 무서웠네

첨단장비로 훑은 몸통 속
완전범죄를 꿈꾸는 거시기를 찾아낼까?
유죄일까 무죄일까…
백의의 까운을 걸친 의사가 마치
검은 제복을 입은 저승사자처럼 무서웠네

오늘은 내 몸이 내 몸이 아니네
내 마음도 내 맘이 아니네
낡아가는 집 구석구석 쌓인 허물이
들통날까 아슬아슬하기만 한,

명절날 풍경

오래된 고향집 안방에
방안 그득 자손들이 모였다

저승친구가 더 많을 것 같은
세수 1세기를 눈앞에 둔 안방주인
오래 만에 생기를 되찾은 듯 반짝반짝하는 눈빛으로
듣는 이도 거드는 이도 없는 전설 같은 이야기기를
작년에 이어 올해도 기억력 좋게 풀어낸다

말은 분명 우리말인데
외계인이 쓰는 말 같은 말을 중얼중얼……
못 알아듣는 건지 세대차이인지
아무도 귀 기울이지 않는다

외로움이 곰삭고 세월지난 사연도 곰삭아
말도 생각도 통제가 안 되는 말을
어린아이 옹알이 하듯 자손들 사이에 풀어 놓아
개밥에 도토리처럼 굴러다닌다

금낭화
　　— 며느리밥풀꽃

빨랫줄에 복주머니가
조롱조롱 매달렸다
배고픈 꽃, 며느리밥풀꽃
거칠어진 손 물마를 새 없이 해 널던
울 엄마의 빨래가 오늘은
복주머니가 되어 눈부시게 매달렸다

누런 보릿빛으로 부황 들던 울 엄마
태산보다 높다던 그 보릿고개
차마 못 넘어
복주머니 조롱조롱 달아 놓고
영영 눈 감으셨네

시인 강민

그는 강철같은 성품이지만
마음은 온정이 넘치는 대해大海
대인의 품속엔 별별 어종이 다 모여
민주와 자유를 외치며
때로는 詩굿판을 때로는 술판을 벌인다

시인의 詩業은 한사발 밥도 안 되는 가난이 고봉이지만
노시인의 체면이고 명예이고 전생인 시
그 시와 함께 광화문에서 인사동에서
불의 앞에는 강철같이 저항하고
별별 어종들과 어울릴 땐 한 잔 술로
캬! 하고 시름을 푸는 낭만가객이다

"나 이제 시 안 쓸란다"
그럼 시인이 시 안 쓰고 뭐한데요, 하고
톡 쏘아댔지만
그 말씀 왜 모를까

깃들 곳 없는 詩만큼이나 외로운 노시인
황혼보다 더 무거운 외로움을 지고 가는
높고 쓸쓸한 모습 뒤로 인사동이 저물어간다

이별이 아름다웠다

이별이 다 절망만은 아니더라
차마 이별이 기쁨이라 할 수는 없지만
슬픔 가운데 아름다운 이별도 있다는 것을
이별을 하면서 배운다
이별의 온도가 다르고
슬픔의 빛깔이 다른
함께 했던 따뜻한 시간들과의 이별
슬프지만 아름다웠다

황금의 자연

반경환 『애지』 주간 및 철학예술가

황금의 자연

반경환 『애지』 주간 및 철학예술가

봄이 온다
겨울보다 먼저
아무데나 온다

실직한 가장의 폐광 같은 공장 앞에도
눈물의 점포정리 비정규직철폐 일자리구함 철거반대…
호소체로 쓴 구호가 빽빽한 담벼락 아래도
꽃의 희망이 사라진 콘크리트 바닥을 뚫고
문들레 민들레 노란 깃발을 들고*
봄이 온다

짓밟힌 민들레 깃발을 들고 오듯이
실직한 가장의 처진 어깨에도
부도난 사장님의 먹장 가슴에도

두근두근 봄이 오면 좋겠네

찡한 눈물 그렁그렁 달고 오면

더욱 좋겠네

* 영화 '말모이'에서 차용.

— 「봄이 온다」 전문

   트로이를 정복한 후 요정 칼립소와의 영생불사의 삶을 거절하고 그의 조국인 이타카로 돌아온 오딧세우스가 최초로 했던 일은 무엇이었던 것일까? 사랑하는 그의 아내인 페넬로페를 그토록 괴롭혔던 수많은 청혼자들을 다 물리치고 개같이 목숨을 구걸하던 사제는 단칼에 베어버렸지만, 그러나 시인의 목숨만은 살려주지 않았던가? 왜냐하면 시인은 이 세상에서 어렵고 힘든 삶을 살아가는 사람들을 위로해주고, 모든 축제를 주관하는 이 세상의 삶을 옹호하는 찬양자이기 때문이다. "봄이 온다/ 겨울보다 먼저/ 아무데나 온다." "실직한 가장의 처진 어깨" 위에도 오고, "부도난 사장님의 먹장 가슴" 속에도 온다. "문들레 민들레 노란 깃발을 들고" 오듯이, 봄은 "눈물의 점포정리 비정규직 철폐 일자리구함 철거반대…/ 호소체로 쓴 구호가 **빽빽**한 담벼락 아래"에도 온다. 만일, 시인이 없었다면, 우리 인간들은 크나큰 슬픔과 절망의 늪에서 **빠져** 나올 수도 없었을 것이고, 만일, 시인이 없었다면, 우리 인간들은 조용하지만 은밀한 기쁨과 하늘을 찌를 듯한 환희에의 기쁨도 향유할 수가 없었을 것이다. 가장 어렵고 힘든 일을 해낼 수 있는 지혜와 용기도 얻을 수가 없었을 것이고, 그토록 사악하고 험악한 인간들의 최후의 심판을 주

재할 수도 없었을 것이다. 에피쿠로스의 말대로, "우리가 살아 있는 동안 죽음이란 없고, 죽음이 찾아오면 우리들은 존재하지 않는다." 봄은 만물의 탄생의 계절이자 그 모든 것의 부활의 계절이다. 봄이 오고, 봄은 겨울보다 먼저 온다.

'너 자신을 알라'라고 했던 소크라테스도 시인이었고, '인간은 사회적 동물이다'라고 역설했던 아리스토텔레스도 시인이었다. '나는 생각한다, 고로 존재한다'라고 했던 데카르트도 시인이었고, '만국의 노동자여, 단결하라'라고 절규했던 마르크스도 시인이었다. '지구는 돈다'라고 말했던 갈릴레이 갈릴레오도 시인이었고, '상대성 이론의 창시자'였던 아인시타인도 시인이었다. 인터넷 세상을 열었던 빌 케이츠도 시인이었고, 스마트폰 세상을 열었던 스티브 잡스도 시인이었다. 사상가도, 현대 물리학자도 한 줄의 시구를 남긴 시인으로 죽어가고, 화가도, 음악가도 한 줄의 시구를 남긴 시인으로 죽어간다. 시인은 인간 중의 인간이며, 그 위대함의 크기는 한 줄의 시구(잠언과 경구)에 의해서 증명된다고 해도 과언이 아니다.

봄은 오고, 봄은 겨울보다 먼저 온다. 짓밟히고 짓밟혀도 "문들레 민들레 노란 깃발을 들고" 피어나고, 수많은 사람들이 실직과 파산의 위기 속에서 질식해갈지라도 "두근두근" "찡한 눈물 그렁그렁 달고" 봄은 온다. 만일, 서정란 시인의 「봄이 온다」가 아니었다면 어떻게 우리 인간들이 겨울보다 먼저 오는 봄날을 이해하고, 또한, 서정란 시인의 「봄이 온다」가 아니었다면 어떻게 이 세상의 삶을 찬양하고 옹호할 수가 있었겠는가? 서정란 시인은 그의 일곱 번째 시집인 『꽃구름 카페』의 '시인의 말'에서

"나의 자존이고/ 존재감이며/ 지존인/ 시"라고 역설한 바가 있다. 자존自尊이란 말은 자기 자신의 존재를 더없이 끌어 올리는 말이며, 그 어떤 강제 앞에서도 비굴한 굴종이나 타협을 모르는 말이라고 할 수가 있다. 자존은 생명이고, 명예이며, 이 생명과 명예의 토대는 그의 "지존至尊인 시詩"라고 할 수가 있다. 시인은 예술가 중의 예술가, 즉, 지존至尊이며, 그 사회적 지위가 '입신의 경지'에 오른 문화적 영웅을 말한다. 서정란 시인의 「봄이 온다」는 황금의 자연이며, 이 세상의 삶을 옹호하고 찬양한 낙천주의의 시라고 할 수가 있다.

시는 황금의 자연이다. 서정란 시인의 삼대 지주는 시와 철학과 도덕이라고 할 수가 있다. 그의 시는 그 무엇보다도 시적인데, 왜냐하면 단어 하나, 토씨 하나에도 그의 혼을 불어넣고 있기 때문이다.

네 숨결이 섞여있는 공기를 마시고

네 영상이 숨어있는 사물을 보며

내 영혼에 영감을 불어넣는

천만년 노래하는 불멸의 가인佳人을

꿈꾸는 중이다,

지금

— 「망중한」 전문

동생 태오와 나란히 누워

생전의 가난을 초록으로 풍성하게 덮었다

평안하신가요, 그대?

다시는 굶주리지 않고

다시는 미치지 않아도 될 그의 묘지석

VINCENT VAN GOGH를 읽는다

태양처럼 강렬하고

죽음보다 가난했던 그는 죽지 않았다

— 「밀익는 마을」 부분

봄은 오고, 봄은 겨울보다 먼저 온다고 할 때에도 서정란 시인의 시적 열정을 알 수가 있고, "봄은 내 마음의 화약고입니다"(「봄을 훔치다」)라고 할 때에도 서정란 시인의 시적 열정을 알 수가 있다. "네 숨결이 섞여있는 공기를 마시고// 네 영상이 숨어있는 사물을 보며// 내 영혼에 영감을 불어넣는// 천만년 노래하는 불멸의 가인佳人을// 꿈"꾼다고 할 때에도 시인의 열정을 알 수가 있고, "태양처럼 강렬하고/ 죽음보다 가난했던 그는 죽지 않았다"라고 할 때에도 시인의 열정을 알 수가 있다. 시인의 열정은 화약고이고, 봄이며, 영원히 꺼지지 않는 태양이라고 할 수가 있다. 시인은 불꽃이고, 봄이고, 태양이며, 죽어도 죽지 않는 불멸의 가인(지존)이다. 언어는 생명이고, 생명은 시이고, 시는 황금의 자연이다. 요컨대 시가 삶이 되고, 삶은 시가 되고, 시인은 예술품 자체가 된다.

　　벚나무 허공에다 꽃구름 카페를 열었습니다
　　밤에는 별빛이 내려와 시를 쓰고
　　낮에는 햇빛이 시를 읽는 허공카페입니다

　　곤줄박이며 콩새 방울새 박새 오목눈이까지
　　숲속 식솔들이 시를 읽고 가는가 하면
　　벌과 나비 바람둥이 바람까지
　　시를 어루만지고 가는 꽃구름 카페입니다

　　공원을 한 바퀴 돌고나서 나도
　　꽃구름 카페 아래 쉬어갑니다
　　벚꽃 닮은 매화, 매화 닮은 벚꽃
　　어느 것이 진품이고 어느 것이 모사품일까,
　　생각을 하는 나에게
　　자연은 위작도 모사품도 모르는 신의 창작품이라고
　　팔랑팔랑 허공을 떠다니는 꽃잎이 일러 줍니다
　　잠시 불온한 생각에 붉어진 얼굴로
　　꽃구름 카페 휴식차를 마십니다
　　—「꽃구름 카페」 전문

시는 열정이 전부이고, 시적 열정은 불탄다. 「망중한」에서도 천년 만년 노래하는 시인을 꿈꾸고 있는 것이 그것을 말해주고, 태양보다 강렬하고 죽어도 죽지 않는 반고흐를 찬양하고 있는 「밀 익는 마을」이 그것을 말해준다. 이 모든 것이 서정란 시인의 시적 열정의 소산이며, 「꽃구름 카페」는 그의 '황금의 자연'의 진수라고 하지 않을 수가 없다. 벚나무가 허공에다 꽃구름 카페를 열었고, 밤에는 별빛이 내려와 시를 쓰고, 낮에는 햇빛이 시를 읽고 가는 허공카페이다. "곤줄박이, 콩새, 방울새, 박새, 오목눈이까지/ 숲속 식솔들이 시를 읽고 가는가 하면/ 벌과 나비 바람둥이 바람까지/ 시를 어루만지고 가는 꽃구름 카페"이다. 시인은 공원을 한 바퀴 돌고나서도 꽃구름 카페에서 쉬어가고, 때로는 "벚꽃 닮은 매화, 매화 닮은 벚꽃/ 어느 것이 진품이고 어느 것이 모사품일까"라고 의문을 가져보기도 하지만, 그러나 이내 그는 이 모든 것이 "위작도 모사품도 모르는 신의 창작품이라"는 것을 깨닫는다. 따라서 그는 잠시 불온한 생각, 즉, 자연의 창작품에 의문을 가졌던 생각들을 반성하며, 꽃구름 카페에서 '휴식차'를 마신다. 반성은 진실이고, 진실은 하늘을 감동시키며, 황금의 자연을 펼쳐 보인다. 사유의 꾸밈도 없고, 상상력의 꾸밈도 없다. 시인과 사물, 벚꽃과 매화, 수많은 새와 동물들이 조화를 이루며, 모든 것이 다 갖추어져 있고, 어느 것 하나 부족한 것이 없다. 모든 낙원은 시의 낙원이며, 무한한 시적 열정을 갖고 최고급의 인식의 제전에서 승리한 시인만이 이처럼 「꽃구름 카페」와도 같은 시를 창출해낼 수가 있다. 시인은 천지창조주이며, 황금의 자연이고, 그 어떤 신들보다도 더 위대하다. 시인이 있고 말이 있으며, 말이 있고 신이 있다.

얼치기 시인은 뜬 구름 속에서 시를 찾고, 진정한 시인은 현실 속에서 시를 찾는다. 얼치기 시인은 시야가 좁고 그 좁음을 은폐하기 위해 공허한 말장난과 기교를 부리고, 진정한 시인은 시야가 넓고 그 어떤 시적 기교도 부리지 않은 채 자기 스스로 판단하고, 새로운 사건과 그 현상들을 명명한다. 서정란 시인의 「꽃구름 카페」는 내가 들어본 카페 중에서 가장 아름다운 말이며, 전 인류를 감동시킬 만한 신선한 충격과 독창적인 세계를 보여준다. 벚나무, 별빛, 햇빛, 꽃구름, 곤줄박이, 콩새, 방울새, 박새, 오목눈이 등도 살아 있고, 숲속의 식솔들, 벌과 나비, 바람둥이 바람, 벚꽃, 매화, 진위를 의심하는 시인과, 이내 그것을 반성하며 '꽃구름 카페'에서 '휴식차'를 마시는 시인도 살아 있으며, 이 극적인 이야기 속에 '황금의 자연의 교향곡'이 울려퍼진다. 세목의 진정성 이외에도 전형적인 상황에서의 전형적인 인물의 창조, 즉, 현실주의의 승리이자 이상주의의 승리이고, 이상주의의 승리이자 시인 정신의 승리라고 할 수가 있다. 「꽃구름 카페」는 서정란 시인의 '시의 공화국'이며, 이 「꽃구름 카페」는 그의 언어와 일곱 번째 시집 속에, 아니, 우리 한국어의 영광 속에 오늘도, 내일도, 영원히 열려 있을 것이다. 아아, 자유와 평화와 사랑과 믿음과 만인평등이라는 사상의 꽃으로—.

서정란 시인의 시는 철학적인데, 왜냐하면 그는 끊임없이 이 세상의 삶의 지혜를 탐구하고, 최고급의 지혜로서 고귀하고 위대한 시인을 꿈꾸고 있기 때문이다. 「봄이 온다」, 「망중한」, 「밀익는 마을」도 아름답지만, 「첫사랑」, 「편지」, 「까치밥」, 「그해 겨울」, 「함께라는 것」을 읽어보아도 그의 「꽃구름 카페」가 우연의 소산이 아니라 최고급의 지혜의 산물이라는 것을 알게 된다. 지혜는 언제, 어느 때나 싹이 트고, 지혜는 그곳이 황무지이든, 사막이든, 꽃구름이든, 하늘나라이든, 지옥이든, 그 어느 곳에서나 자라난다. 시는 사상(지혜)의 꽃이고, 사상은 시의 열매이다. 우리는 지혜로 태어나서 지혜의 열매(시의 열매)를 맺으며, 지혜의 텃밭(황금의 자연)으로 되돌아간다.

너는, 내

이별의 1번지다

추억의 1번지다

그리움의 1번지다

너는, 내 가슴이

맨 처음으로 가닿은

내 마음 1번지다
— 「첫사랑」 전문

너를 처음 만난 그해 겨울
첫눈이 꽃잎처럼 날리고

너는 하얀 솜사탕 같은 눈송이를 이고 와
내 앞에서 스르르 녹았지

눈 녹은 물은 메마른 가슴을 적셔
내 앞에 펼쳐지는 하루하루는
핑크빛 캔버스이었어
나는 날마다 그림을 그렸고
그림은 모두 울지 않는,
노래하는 새였고 꽃이었지
세상 모든 것이 네게서 오고
내 모든 것이 너에게로 가던

지금, 그날처럼 꽃눈을 맞으며
"모든 것은 지나가고 이 또한 지나가리라"
명문장을 읊조리며
겨울보다 더 추운 한기에 떨고 있네
―「그해 겨울」 전문

서정란 시인은 자유인 조르바와 빈센트 반고흐를 꿈꾸고, 또
한 부처와 시인 중의 시인을 꿈꾸듯이, 그의 사유의 한계내에서
거침이 없고 막힘이 없다. 백퍼센트 자유를 누리며, 그의 언어
에 붉디 붉은 피와 생명력을 불어넣고「첫사랑」마저도 이렇게 노
래한다. "너는, 내// 이별의 1번지다// 추억의 1번지다// 그리
움의 1번지다// 너는, 내 가슴이// 맨 처음으로 가닿은// 내 마

음 1번지다"라고—. 이별의 1번지, 추억의 1번지, 그리움의 1
번지, 내 마음의 1번지라는 첫사랑, 그 어느 누가 이처럼 대범
하고 단도직입적으로 '첫사랑'을 표현한 적이 있었으며, 또한 그
어느 누가 이처럼 간단명료하고 단순한 시구 속에 모든 1번지의
총체로서 '첫사랑'을 표현한 적이 있었던가? 첫사랑은 순수하고
때 묻지 않았고, 첫사랑은 순수하고 때 묻지 않았기 때문에 이루
어질 수가 없다. 남녀가 이성에 눈을 뜨고 최초로 자기 짝을 찾
았던 첫사랑—, 첫사랑은 추억이고, 그리움이고, 영원한 사랑의
기원이며, 모든 사랑은 첫사랑을 찾아가는 과정에 지나지 않는
다. "너를 처음 만난 그해 겨울/ 첫눈이 꽃잎처럼 날리고" "너는
하얀 솜사탕 같은 눈송이를 이고 와/ 내 앞에서 스르르 녹았다."
"나는 날마다 그림을 그렸고" "그림은" "노래하는 새였고 꽃이
었다." 이 세상의 모든 것이 너에게서 오고, 나의 모든 것이 너에
게로 가기도 했었다.

하지만, 그러나 "지금은, 그날처럼 꽃눈을 맞으며/ 모든 것은
지나가고 이 또한 지나가리라/ 명문장을 읊조리며/ 겨울보다 더
추운 한기에" 떨게 하는 것이 첫사랑일 뿐이었던 것이다. 이「첫
사랑」의 명명의 힘이 서정란 시인의 독창적인 명명의 힘이라면,
까치와 인간이 함께 법문을 듣고 그 지혜를 통해 어떠한 고통이
나 난관도 극복해나간다는「까치집」, "내 마음 낙관을 찍고/ 흰
구름 우표를 부친다/ 바람배달부가 전해주리라"는「편지」, "최
후의 심판같은 장엄한 일몰 앞에 선다"는「선셋」역시도 그의 독
창적인 명명의 힘의 진수라고 할 수가 있다.

서정란 시인의 모든 시는 도덕적인데, 왜냐하면 지혜는 객관

적이고 보편적인 것이며, 만인의 행복을 위한 것이기 때문이다. 시는 쓰디 쓰지만, 그 꽃은 아름답고, 그 열매(지혜)는 달다. 시와 사상 앞에서는 만인이 평등하고, 시와 사상이 함께하는 자리라면 늘 즐겁고 기쁘다. 내 마음의 낙관을 찍어 흰구름 우표를 부치는 것도 기쁘고, 까치와 법문을 함께 듣고 공부를 하는 것도 기쁘다. 최후의 심판 같은 장엄한 일몰 앞에 서는 것도 기쁘고, 저승길도 함께, 라면 기쁘다. 이 '함께의 사회학'이 '도덕철학'이고, 그의 지혜는 이 세상의 어렵고 힘든 삶을 사는 사람들을 어루만지며, 더욱더 낮고 낮은 자리로 울려퍼진다.

시를 쓰면 사람이 되고, 시를 쓰지 않으면 인간이 된다. 서정란 시인의 아주 독특한 사유법에 의하면, "마음은 가슴에 있고/ 생각은 머리에 있어" "가슴으로 사는 사람은/ 따뜻한 사람"이 되고, "머리로 사는 사람은/ 똑똑한 인간"이 된다. "사람은 가슴에 재산을 모으고/ 인간은 곳간에 재산을 모은다."(「차이」) 인간은 돈과 명예와 권력을 위하여 타인들을 해치게 되지만, 사람은 자기 자신의 모든 것을 다 나누어 주는 마음이 부자인 사람이 된다. "존경은 아니더라도 믿음이 가고/ 부자는 아니더라도 마음이 부자인"(「어떤 흐린 날」) 사람이 그것을 말해주고, "딱 한 장씩 역전의 꿈"을 사서 "로또복권"을 선물(「로또선물」)하는 사람이 그것을 말해준다. 또한, 일가족의 비극 앞에서, "삶이 힘겹다고" "포기하지 마라"(「포기하지 마라」)고 절규하는 사람이 그것을 말해주고, 기적이 "기적汽笛을 울리지 않는 맑은 영혼이 실종된 시대"에 삶이 고달플수록 기적을 믿고 싶어하는 사람들을 위로해주는 「기적의 신전」이 그것을 말해준다. 인간이 아닌 사람만이 위로가 되고, 사람만이 희망이 되고, 그런 사람이 되기 위하여 서정란 시인은 오늘도, 지금 이 순간에도 그의 언어의 텃밭을 갈고 닦는다. 가능하면 아낌없이 모든 것을 다 주고 가는 것이 도덕철학의 근본명제라면, 단 한 푼의 돈도 되지 않고 그 어떤 재화적 가치도 없는 시를 쓰는 사람은 그 이타적인 사람의 초상이라고 하지 않을 수가 없다. 왜냐하면 시인의 가난은 이타적(자발적)인 가난이며, 그의 시는 전체 인류의 자산이기 때문이다.

이 시의 텃밭, 즉, 서정란 시인의 황금의 지연에서는, 봄이 오고, 봄은 겨울보다 먼저 온다. 저승길도 함께라면 무섭지가 않고, 수많은 고난과 시련없이 '인생역전'에 성공한 예도 없다. 내 마음의 낙관을 찍고 흰구름 우표를 부치면, 그토록 아름답고 초롱초롱한 금낭화가 피어난다.

빨랫줄에 복주머니가
조롱조롱 매달렸다
배고픈 꽃, 며느리밥풀꽃
거칠어진 손 물마를 새 없이 해 널던
울 엄마의 빨래가 오늘은
복주머니가 되어 눈부시게 매달렸다

누런 보릿빛으로 부황 들던 울 엄마
태산보다 높다던 그 보릿고개
차마 못 넘어

복주머니 조롱조롱 달아 놓고

영영 눈 감으셨네

— 「금낭화 —며느리밥풀꽃」 전문

　서정란 시인의 「금낭화」는 상상력의 혁명이자 시의 기적이고,
그의 '황금의 자연'의 꽃이라고 할 수가 있다. 누런 보릿빛으로
부황이 들었던 울 엄마, 태산보다 높다던 보릿고개를 차마 못
넘고 가신 울 엄마─, 하지만, 그러나 그 엄마의 소원이 "배고
픈 꽃, 며느리밥풀꽃"이 아닌, 그토록 아름답고 눈부신 「금낭화」
로 피어났던 것이다. 금낭화, 즉 며느리밥풀꽃에서 부황이 들었
던 어머니를 생각해내고, 그 유사성 법칙에 의하여 금낭화를 어
머니의 빨래로 표현한 상상력, 한 걸음 더 나아가 어머니의 빨래
가 진분홍색의 복주머니들로 주렁주렁 열린 상상력의 혁명─,
시는 모든 기적의 진원지이자, 황금의 자연의 주인이라고 할 수
가 있다.

　시는 황금의 자연이고, 황금의 자연은 아름답고 위대하다. 아
름다운 것은 완전한 것을 말하고, 위대한 것은 큰 것을 말한다.
황금의 자연은 시의 텃밭이고, 시의 신전이며, 우리 인간들의 지
상낙원이다. 아름답고 위대한 황금의 자연은 벌과 나비들을 불
러 모으듯이, 만인들을 초대하고 불러들인다. 시의 향기와 꽃의
향기가 어우러져 수많은 동식물들이 뛰어놀고 이 세상의 삶의
찬가가 울려 퍼진다.

　시는 사상의 꽃이고, 사상은 시의 열매이다. 서정란 시인은 시
의 향기는 사상(철학)의 열매를 맺고, 사상의 열매는 시를 심고,

최고급의 지혜는 이렇게 숲을 이루어 나간다. 시와 철학과 도덕은 서정란 시인의 삼대 지주라고 할 수가 있다.

서정란 시집

꽃구름 카페

초판 1쇄 2020년 2월 10일
초판 2쇄 2020년 4월 10일

지 은 이 서정란
펴 낸 이 반송림
편집디자인 김지호
펴 낸 곳 도서출판 지혜 · 계간시전문지 애지
기획위원 반경환 이형권
주   소 34624 대전광역시 동구 태전로 57, 2층 도서출판 지혜 (삼성동)
전   화 042-625-1140
팩   스 042-627-1140
전자우편 ejisarang@hanmail.net
애지카페 cafe.daum.net/ejiliterature

ISBN : 979-11-5728-388-0 03810
값 10,000원

서정란徐庭蘭은 경북 안동 출생했고, 동국대학교 예술대학을 졸업했으며, 1992
년 동인지 출간으로 작품활동을 시작했다. 동국문학상을 수상했으며, 시집으로
는 『오늘 아침 당신은 내 눈에 아프네요』, 『잃어버린 것에 대하여』, 『흔들리는 섬
을 위하여』, 『어쩔 수 없는 낭만』, 『어린 굴참나무에게』, 『클림트와 연애를』 등이
있다.
현재 한국문인협회, 한국시인협회, 한국여성문학인회 동국문학인회, 문학의 집 서
울 회원, 국제PEN클럽한국본부 이사, 동국문학인회 부회장으로 활동하고 있다.
시인은 천지창조주이며, 황금의 자연이고, 그 어떤 신들보다도 더 위대하다. 시
인이 있고 말이 있으며, 말이 있고 신이 있다. 『꽃구름 카페』는 서정란 시인의 일
곱 번째 시집이며, 그의 이상적인 '시의 공화국'이라고 할 수가 있다.

이메일: jjrrss@hanmail.net